U0054955

雨弦詩集

夫妻樹

雨弦——著

積極面對生命

李瑞騰
國立台灣文學館館長

雨弦將再版他三十年前的處女詩集《夫妻樹》，作為結婚四十周年給夫人的獻禮；用情至深，令人感動！

我在來台南承乏台灣文學館館務之前，和雨弦並沒有直接的接觸，但曾任職高雄殯葬管理所、仁愛之家的經歷，使他寫出關涉病老死的詩，我略有所知；擔任電台台長，規劃作家訪談節目，且將對話整理出版的事，我則早有耳聞。我因此邀他回任，來館共事，近三年間，他襄助我推動館務，特別是內部管理方面，助益甚大。

其實當他出版《夫妻樹》之際，我即已知其材略；本書附有朵思〈致詩人雨弦〉，是以書信為評，談的是《夫妻樹》。此文發表於1984年7月17日嘉義《商工日報・春秋副刊》之《春秋小集》，而我那時正是該報副刊主編；朵思是詩壇前輩，她稱讚雨弦的詩才詩藝，我印象深刻。

朵思沒有特別談作為集名的〈夫妻樹〉，或許和她當時身陷夫婿（畢加）中風的家庭風暴有關；倒是林清泉的書評特別賞析了「誌錫婚」的這首愛情詩。在此之前，我曾編選過古今愛情詩，也著有專書，於愛情入詩有些體會，知道所謂「比翼鳥」、「連理枝」，傳達的盡是人間情愛的理想，而雨弦則乾脆以「夫妻」名「樹」，寫那「繾綣纏繞的／雌雄同株」，同甘共苦，如膠似漆。

這裡面都是生活的感觸和感悟，像〈牆〉：

人
走進
一幢最豪華最現代
老死不相往來的
心房

四週皆牆
牆上都張貼著
保持距離
以策安全

牆裡
牆外
都站著
同樣不得其門而入的
孤寂

現代社會人際關係的疏離，其實是人人在心房的四週築牆，表面上為了安全，結果是自我閉鎖，以致孤寂；雨弦以牆為喻，微諷當世，旨在醒人，其中自有一種面對生命的積極性。〈詮釋〉一詩直探生命價值之所在：

土，哭腫了
碑，愣在那兒
而千千結的蔓草
想解開些什麼

其實，幕啟必然要落
管他的英雄好漢
管他的凡夫俗子
一樣的安息

不同的是

如何讓它有個美好的

完成

從「土」、「碑」、「蔓草」等死亡意象，到各類人等都「一樣的安息」，人生好像沒什麼好奮鬥的；但詩人筆鋒一轉，「不同的是／如何讓它有個美好的／完成」，指的當然是生命，這就是一種積極的人生態度。

聞見之間有那麼一些體悟，也不一定是什麼深奧的哲理，但我們能懂，這就夠了。雨弦詩的初貌如是，明朗潔淨，一如其人。

雨弦詩中的生活美學

林文欽
國立高雄師範大學教授

雨弦《夫妻樹》詩集初版於民國七十二年五月，至今三十年，而詩集中較早作品如〈風景問題〉、〈水中月〉更創作於民國六十二年十一、二月間，時間已達「不惑」之年，將「不惑」之心送給妻子作為美滿婚姻生活的禮物，其價值重於金銀珍寶。

雨弦年過耳順而創作不竭、學不釋卷，在擔任國立台灣文學館副座期間為求事業之精進與視野之寬闊，於白天公務繁忙之餘，復焚膏繼晷用功苦讀而考上國立高雄師範大學國文博士班，從此開始在家庭、事業與學業奔波，卻絲毫沒有焦頭爛額情狀，反而更為堅強投注其終身志業——筆耕不輟、寫詩為樂，這精神實令人感佩之至！本人當時忝任高師大國文系主任一職，於博士班講授美學與《易經》二門課程，年紀雖虛長詩人數歲，然與詩人亦師亦友，相處毋寧更像是知己、粉絲之身分，因此重新拜讀

《夫妻樹》詩集，竟覺有更進一層的體會矣！觀其人，賞其詩，人是生活的藝術家，而詩，則是生活的美學。

本詩集就我所觀察的生活美學視野，可粗分為「詩生活與詩使命的自許」、「現實環境與理想生活的對比」與「感情世界與幸福隱喻」三種，礙於篇幅之故，「詩生活與詩使命的自許」一種，讀者可就詩集中較悠閒的〈空心菜〉、〈放風箏〉、〈中正文化中心之晨〉、〈旗津印象〉、〈原鄉人〉等作品體會詩人從日常生活提煉的智慧；從詩集中較嚴肅的〈雨夜〉、〈燭〉、〈中國結〉、〈怪手〉、〈產業道路〉、〈一件血衣〉等瞭解詩人濃重的使命，因此我想從其餘兩種切入，與讀者分享。

一、現實環境與理想生活的對比

雨弦《夫妻樹》詩集共分五輯，依序分別是「咖啡廳時代」、「夫妻樹」、「現代的臉」、「盆景的話」與「三月的陽光」，而貫穿整部詩集的神髓則是處世的智慧、生活的美學。詩集共收錄五十二首作品，各首內容特色是語短情長，藏技巧於平淡之中，彷彿一個睿智的哲學家，在日常生活裡超越；至於其形式特色，扣除卷末兩首朗誦詩作〈梅花頌〉不論，每首長度都濃縮在二十行以內，或一段，或兩段，或三段，而以三段式的作品居多。然不論幾段幾行，詩人關注的角度都從平常生活中的人事物之觀察切入，並將過去與現在、感性與理性、孤寂與圓滿、現實與理想等矛盾衝突面的對比情境，同時呈現出來，進而引領讀者深入體悟生活的智慧與視野，這類作品計有〈疚〉、〈水中月〉、〈牆〉、〈釣〉、〈剪影〉、〈怪手之一〉、〈怪手之二〉、〈盆景的話〉、〈盆景〉與〈城中樹〉等，其主要修辭方式是映襯，而營造的效果當然是某種情境的對比與衝突、矛盾的張力。比方〈水中月〉一詩：

曾經　我心靈的眼
在一面化妝境前
凝視一朵荷花

而今夕我所見的
是一張蒼白的臉
在變形了的鏡中
扭曲著

乍然迸出一句

這是人間

不是天上

這首詩寫的主題是「傷逝」，畫面藉今昔對比以凸顯強烈的苦楚之感，所以無論是女性青春不再，或是男人被迫接受現實的感覺，其實都可對號入座。傷逝主題在李後主〈浪淘沙〉的「流水落花春去也，天上人間」中，所形容的是帝王今昔不同的遭遇；在李白〈將進酒〉中的「君不見高堂明鏡悲白髮，朝如青絲暮成雪」則是對懷才不遇、年華將去的扼腕；而在白居易〈琵琶行〉則用「暮去朝來顏色故」來感嘆琵琶女青春不再，且暗喻自身處境之難。但傷逝的目的並非徒呼負負之自憐，反而有認清現狀、調整步伐以抒發鬱悶心情的作用，所以此詩言「這是人間／不是天上」，用意或在於此。然再深入分析此詩，還可發現此等傷逝有「離開伊甸園」的純真失落之意。蓋此詩作於民國六十二年，彼時詩人年輕有才，而當時台灣正要起飛，現實環境呈現一片欣欣向榮，正是大有可為之際，故應不致於出現懷才不遇與青春不再的感覺，唯，當投入職場生活、社會複雜環境，所見所聞皆與理想有段距離，卻又得扭曲自己以迎合潮流，一旦對鏡自省，焉能留存多少純真？保有多少樸直？

現實環境造成純真的失落，反向思索則是回到子宮的反璞歸真的理想盼望，所以〈疚〉一詩寫「總是五月才想起」母親；〈牆〉一詩則感嘆「牆裡／牆外／都站著／同樣不得其門而入的／孤寂」；〈剪影〉一詩說「你所看到的／祇是我的一面／另一面／在我心裡」……在藉由生活中各種失落與追尋的對比情境，娓娓道出理想生活的純境畫面，詩人對現實生活的敏銳感觸與睿智體悟，不可等閒視之。

二、感情世界與幸福隱喻

現實生活的困頓，會造成人們焦慮緊張、情緒失調，輕則放逐自己於聲色犬馬之中，不復想望年輕曾有的氣概，重則傷人傷已，或自我了斷，或變態去傷天害理，此時，情感世界的安全歸屬，就成了對現實生活的抵抗與負面情緒的消弭的最佳利器，更是幸福感、自我實現的基石。而詩人在這方面，則不吝分享他的幸福源泉，有如西諺所說：「快樂像香水，向人灑得多，自己也必沾上幾滴」。所以吾人有理由相信，這本詩集以「夫妻樹」命名，企圖即在於對現實的抵抗、對理想的實踐。

不過，詩人手法是含蓄而非灑狗血式的激情澎湃，甚至故意用大量的隱喻讓素心之人會意，而看熱鬧的，可能只到皮膚表層的境界。如〈夫妻樹〉一詩光看詩題可知所隱喻者，是為「生命共同體」，了解此喻始能掌握詩中所言「雌雄同株」的涵意，但到達此境，仍是皮膚表層而已，真正會心之處該落在「青春雖已褪色／容顏卻更耐讀」二句。這兩句體悟之深，老夫老妻的，當可明白，唯心生七年之癢與新婚燕爾者，有必要正視之、圭臬之，否則新鮮感易逝，動輒說離，則情感將永如不繫之舟，浪蕩漂泊到最後，沉入情海，就甚麼都沒了。

對於詩人的感情世界，想必讀者與我都很好奇，但為何我選擇以「幸福隱喻」一詞作為標題呢？讀者其實可以從〈有了〉、〈夜〉、〈月之航〉、〈髮・蝴蝶結〉等作品觀察，可發現詩人其實是很多情而含蓄的，且以〈月之航〉來探析詩人隱喻之妙。

佛曰：不可說，不可說

水仙已吐露著芬芳

闔起你的靈魂之窗吧

讓我溫柔的舟子

與你的舟子會合，重疊

且划出我的槳，與你的槳

會師，然後

任湖傾斜，任舟子翻覆

任水淹沒吧

我欲死去

天堂的門已開啟

已微微開啟

這是一首描寫情愛纏綿的作品，有動作，有配合，更有男女同時高潮的歡樂，卻無一字涉及情愛纏綿，因為從「不可說」一句開始，詩人即將床第之事隱喻為舟之「航」了。舟，李清照的蚱蜢舟載不動許多愁，因為良人不在身邊，航，《詩經》裡的「誰謂河廣，一葦航之」，航在此是勇於奔愛之意，至於「不可說」一句，出自昔人有幅形容新婚之夜的對聯，上聯用孔子「如之何如之何」，下聯用佛祖「不可說不可說」典故，表示此中事，實不足為外人道也。然而夫妻情愛實同創世活動，更為人類文明延續的濫觴，若不可說，外人如何懂得夫妻相處之妙？故詩人用小舟的重疊、槳的會師隱喻男女真誠相愛的情境，坦誠相對、互相扶持，夫妻雙雙到達神仙般的境界，則世界毀滅何懼之有？更別說對待日常芝麻蒜皮的小小摩擦與糾紛了。相對於余光中〈如果遠方有戰爭〉一詩的矛盾、遲疑、糾葛、茫然，雨弦此詩的勝境在於妙用典故與隱喻。世事無常，人間有情；現實如山，愛情似海，有互相了解、共同生命的情愛做為世事現實的抵抗，幸福的滋味才能真正深長。

除上述，雨弦詩集尚有許多綠洲等待發現，比方〈梅花頌〉兩首能找出那個年代流行朗誦詩的因素，從鄭愁予〈革命的衣缽〉到白靈的〈大黃河〉，雨弦這兩首詩也應該具有強烈的振奮人心功能，只是筆者再說下去，就喧賓奪主了。

在服務教育界四十二年，從教小學到大學研究所碩博士班，從基層到主管，經歷了戒嚴到解嚴、冷戰到交流，而即將在本年八月一日於高雄師大國文系屆退之際，因平時愛寫寫詩歌論析，有榮幸先睹重刊的雨弦《夫妻樹》詩集，如飲陳年好酒般的感受，就像我回憶四十餘年每一個階段的教職生涯，是香醇甜美的。賞詩與回味教職生涯，都是件很有意思的事，我樂為之序。

2013.06.01於高雄師大323研究室

我的處女詩集

雨弦

十八歲的夢碎

1965年，一個十六歲的少年，和他的阿嬤租屋諸羅山城，在嘉義公園的前方附近。那少年正在公園後方的一所縣立高中就讀；其實自他來城裡唸初中，疼孫的阿嬤就一直陪讀，幫他燒飯洗衣。他有一七〇公分高，體重應該不到六十公斤吧！身材有些瘦長，臉色蒼白，營養不良，患有嚴重貧血症，表情沉重、木訥，眼神呆滯，內心充滿苦悶，憂鬱的氣質像個詩人。此刻他正為窮所苦，因為父親經商失敗，家人三餐不繼，導致他的身體奇差無比，在嘉義中學初中夜間部求學時期，幾乎輟學。

廚川白村說：「文學是苦悶的象徵。」在苦悶的歲月裡，寫詩是一個很好的靈魂出口。在一個秋天的夜晚，他正翻閱著一本作文範本，發現書末有二、三十首新詩，愛不釋手，尤其其中一首情詩，更觸動了抑制的情感，於是提起筆來寫下了詩句，這便是他的處女作〈遙寄〉，訴說著為窮也為情所苦的少年情懷。

那個十六歲的少年，是我。

因為一頭栽進詩的領域，高中畢業時作品已有百首，發表的也有數十首之多，大部分在《嘉義青年》，那是一份由嘉義救國團創辦，當時每個學校高中生必讀的刊物。我把發表的作品貼上自作的剪貼簿，有一次，在郵寄給一位筆友途中遺失，成了我一輩子的痛。一個熱血的文藝青年，一顆多愁、善感、純潔的心靈，準備出版處女詩集的美夢就此粉碎！

這是1967年，我美麗也是淒涼的十八歲。

高中畢業了，身為長子的我，理應賺錢幫忙養家，就到嘉義山上的大埔國校當代課教員，那是坐落深山裡的一所小學，整個村子沒有電燈，一個超詩意的世外桃源。然而，代課一學年的時光裡，竟然只寫出一首〈山夜〉的詩來。初入社會，寫詩的熱情到底哪裡去了？接著到嘉義汽車客運當稽查員，與詩似乎漸行漸遠。1970年，入伍當兵三年，雖苦，但作息規律，晚上、假日可以用來寫作，又遇到心愛的燕子，寫詩的熱情似乎回來了。1973年退伍，與燕子結婚，隔年考上公務員，兩個小孩陸續出生，為了工作、家庭，1973年底在寫下〈秋〉一詩後停筆，直到1981年重新出發。

重新出發圓夢

十八歲出版詩集的夢碎了，但詩心未死，1981年春天，一陣音樂雨後，詩與夢的種子悄悄鑽出地面，抽出嫩芽來了。

我重新出發了，而在出發後短短的兩年，就帶來豐收，出版了《夫妻樹》處女詩集。這是天時、地利、人和。

先說天時。七、八〇年代台灣現代詩蓬勃發展，從詩社的紛紛成立可見一斑，七〇年代光在高雄出現的就有水星、山水、風燈、大海洋、綠地、風荷、掌門，八〇年代出現的也有風箏、腳印、心臟、晨風。而在經過1977年的鄉土文學論戰、1979年的美麗島事件之後，無疑地，使得文學的創作也更趨於自由而多元。看到許多人在寫，在關心自己的土地，手癢是很自然的事。我在1982年加入腳印詩社後，陸續加入風箏童詩社、南風詩社、大海洋詩社和掌門詩社。

其次說地利。我生長於鄉村，又三度山居。1980年底，到高雄上班的第一天，是我真正接觸到大都市的開始。都市文化和鄉村文化不同，鄉村仍是農業社會，都市已經工業化，生活步調、生活方式的差異性極大，對於工業化的都市人、都市生活，我實在「水土不服」。多首作品是我從鄉村到都市的心路寫實，像〈含羞草〉、〈現代的臉〉、〈牆〉、〈釣〉、〈剪影〉、〈怪手之一〉、〈怪手之二〉、〈盆景的話〉、〈盆景〉、〈城中樹〉、〈旗津印象〉、〈捏麵人〉、〈一條小河〉都是。

說到人和。這必須從我的工作談起，1974年初任公務員，分發到嘉義故鄉任職，但家人早於1970年移居高雄，遂想請調高雄市政府，可以和家人團聚，未果，退而求其次，於1980年調往郊區的旗美高中，遇到了在校任教的鍾鐵民老師，他知道我曾經寫詩後，鼓勵我繼續寫，讓我認真思考是否重拾詩筆，重新出發，可以說給了我一個出發前的暖身。

很快地，等到了調職高雄市政府的機會，1980年底到地政處服務，從上班第一天，就發現對面的同事在桌上擺著一本《泰戈爾詩集》，有空時會拿來翻閱，這可引起我的興趣，心想會不會是遇到知音？後來知道她雖然不寫詩，但喜愛詩、喜愛文學，也算同好，重要的是，她鼓勵我寫，因為天天見面，有一天我真的寫了一首〈現代的臉〉，她非常喜歡，這給我帶來信心，因為停筆多年，下筆難免缺乏自信。不久，又遇到剛到文化中心服務的米蘺，她是個才女，從小學到大學，詩、散文、小說都來，也得過多種獎項，雖已停筆多年，但對我新寫好的每一首詩，都能提出精闢的見解，因此我的新作不斷，欲罷不能。

為了詩藝更加精進，我參加了名作家李冰老師在救國團的文藝班，他愛護學生像對自己的兒女，指導學生、鼓勵學生、關心學生，學生也都愛他。我的處女詩集《夫妻樹》的出版，可以說是他大力促成的，從出版社的尋找、寫序、校稿、印刷，都在他的指導下完成。三十多年來，老師一直指導我、照顧我，他是對我寫作生涯影響最大的人。

提到腳印詩社，它是我重新出發後最早加入的詩社。腳印1981年8月創刊，1984年4月結束，我在1982年12月應邀加入。溫暖的腳印同仁，彼此切磋詩藝，也讓我有所成長。

夫妻樹——雨弦詩集
我的處女詩集

1983年，《夫妻樹》處女詩集的出版，雖然距離十八歲的夢相隔十六年，卻讓我的重新出發得到最完美的詮釋。

再生緣的喜悅

《夫妻樹》於1983年由「山林」出版後，得到許多鼓勵和好評，同時更得到詩壇前輩如鍾鼎文、李冰、畢加、向明、蓉子、劉菲、趙天儀、朵思、林清泉、涂靜怡、綠蒂、落蒂（依年齡序）等人的肯定；又在1985、86年先後榮獲全國優秀青年詩人獎、高雄市文藝獎新詩類首獎，85年詩人節在中山堂頒獎典禮後，綠蒂當面邀請我八月赴美參加第八屆世界詩人大會，在大會上又獲國際桂冠詩人協會頒獎，沒想到處女詩集的出版，會有如此的迴響和殊榮。詩集出版距今三十年了，書雖四版，但早已絕版，屢有人詢及此書，甚至有來自美國圖書館的詢問電話，曾興起再版的念頭。

去年底，和瑞騰兄談及此事，他建議我試著找「秀威」出版，那是一家很不錯的出版公司，我接受了他的建議，把詩稿寄到出版社，經其評估後同意出版。這就是本書新版的由來。

「山林」舊版《夫妻樹》詩四十二首，「秀威」新版增加十首，為1965到72年間所作，這十首加上已收入舊版的1973年之作，共十四首，是我早期的作品，作為第一輯「咖啡廳時代」。其中〈遙寄〉、〈褪色的記憶〉是高中時期的作品，〈咖啡廳時代〉、〈戀歌〉、〈給燕子〉、〈一朵睡蓮〉、〈離別夜〉、〈那爆米花的男子〉、〈夜聞火車汽笛聲〉、〈那一夜，我睡火車站〉為當兵時期所作；至於1973年的四首：〈水中月〉、〈風景問題〉、〈溪流〉、〈秋〉，則是婚後鄉居之作。這十四首六、七〇年代的作品，雖可見現代主義的影子，但寫實主義的風格已相當明顯。

至於第二到第五輯，為1981到83年間的作品。第二輯「夫妻樹」，是人倫至情的抒發；第三輯「現代的臉」，有人生的觀察，生命的思考；第四輯「盆景的話」，有鄉土的愛戀，都市的惟覺；最後一輯「三月的陽光」，是國族的書寫。八〇年代的台灣政治、社會走向民主改革、自由開放，文學關心的議題趨向多元，作品的題材也就廣泛，總要扣緊時代的脈動，親情、愛情、家國的素材外，也開始思考生態、生命的課題，詩畢竟是時代與社會的反映，生命與生活的交融。

本書的開端有瑞騰兄的序〈積極面對生命〉，和林文欽教授的序〈雨弦詩中的生活美學〉。書末收錄了幾篇詩壇前輩相關的評論，有李冰的〈長青的《夫妻樹》〉、向明的〈讀三首寫盆景的詩〉、朵思的〈致詩人雨弦〉、林清泉的〈喜讀《夫妻樹》〉、蓉子的〈新詩欣賞：疚——給母親的詩〉及趙天儀的〈雨弦的《一條小河》〉，希望對讀者的閱讀有所幫助。

本書的出版，由衷感謝瑞騰兄的建議及賜序，沒有他的建議，這本書不可能出版；感謝詩評家、出版人楊宗翰先生以及編輯姣潔小姐的厚愛，玉成這本書的出版，對我來說，似乎不亞於三十年前「初生的喜悅」；感謝恩師林文欽教授的栽培和賜序；最後要感謝諸多詩壇前輩、詩友以及讀者們的指導與愛護，讓《夫妻樹》三十年來一直快樂地成長，綠意盎然。今年適值我和燕子結婚四十週年，就把這本鑲嵌「紅寶石」的書送給她，以示結婚四十週年紀念吧！

2013年5月31日於國立台灣文學館

夫妻樹——雨弦詩集
我的處女詩集

目次

第一輯　咖啡廳時代

第二輯　夫妻樹

第三輯　現代的臉

第四輯　盆景的話

第五輯　三月的陽光

附錄

夫妻樹——雨弦詩集
目次

第一輯

咖啡廳時代

咖啡廳時代

一樓，白天
二樓，黑夜

女服務生以微光誘我們
入夜
手牽手，躡腳，雅座
一如電影院之黑
文藝愛情片總是
滿耳軟語地老天荒
或什麼都不必說
默劇依然陶醉

咖啡暗香浮動
閉不閉眼都一樣
可要多費些唇舌
親親，每一吋肌膚
微微顫動是我
溫柔的夜貓哦
全身放了怎樣的電流
洩了一室的情歌
催化也是美麗的掩護

夜，恆誘惑著我們

1972年

戀歌

我是一輪月
潛入你心的湖底
要讓湖上的情侶們瞧見
我是多麼幸福

我是多麼幸福
春風把我吹拂
星星把我凝視
熟透的蘋果味不時傳來

嗨！湖上的情侶們
你們可瞧見
我是多麼幸福
我是多麼幸福
春風把我吹拂
星星把我凝視
熟透的蘋果味不時傳來

1971年

給燕子

來吧！燕子
來到我的林中
愉快地歌唱
盡情地飛翔

妳的歌聲讓我迷醉
妳的飛姿使我傾倒
妳那一深紫色的粧扮
多麼美麗又輕巧

來吧！燕子
來到我的林中
我給妳溫暖的窩
我給妳美麗的巢

1972年

一朵睡蓮

第一次我目睹
一朵睡蓮，羞澀地
綻放，在水中
聖潔而不可侵犯

第一次，我愛惜
一朵花，像愛惜自己
而且真正懂得
什麼叫愛情

原來，我也是一朵聖潔的
睡蓮，在不眠的夜裡
羞澀地
綻放

1972年

離別夜

明兒一早
妳就要回到遙遠的南方
今夜，就讓我們燃燭
說好不垂淚的
一朵紅蓮

若燭是我，蓮是妳
不是洞房，怎能燃燭
蓮也該睡了

哦！我的維納斯

夜多漫長，多漫長

我不要，不要等待

今夜我要，我要

妳迷人的芬芳

喔不！

不是洞房，怎能燃燭？

且掛起貞潔牌坊

築起一道棉牆

等待

黎明的到來

1972年

那爆米花的男子

營區半年來的鄉愁
在南下的火車上釋放
來到情怯的巷口
家　就差臨門一腳了
忽聞一中年男子
邊敲鐵皮罐邊喊
「爆米香喔！來爆米香喔」
最為熟悉的聲線纏繞
我迅即閃躲
回到故鄉的童年

他曾是柑仔店的老闆
他曾是最年輕的村長

「爆米香喔！來爆米香喔」
那男子沿著小巷回來
回到那空曠的地攤
忙著將爐火生起
有人帶著米來了
鄰居小孩也開始圍觀
我在屋角　思索
生火　生活
我眼婆娑　望著
那男子將爐火一次又一次
引——爆

孩子們都摀住耳朵

他們聽不見　聽不見

我內心的嘶喊

1972年

遙寄

生命潺潺地來了
歲月悠悠地走了

我躑躅於小溪旁
拾起一片楓葉
題上殷紅的相思

而當北風吹起
且託他把譜下的戀曲
帶給遠方的妳

1965年

褪色的記憶

且啟開靈感的回憶之窗
盤旋一朵藍雲飄過的足跡

而我對著晨曦莞爾撒嬌
夕陽把我的影子拖的長長

記取曾採擷一朵自戀而死的蓮
歸後翼翼地挾入妳的唐詩裡

還有那潺潺的小溪旁
幾度滌去了我們美麗的憂傷

如今，一場明日黃花底春夢
只允我在夢中咀嚼……

1966年

夜聞火車汽笛聲

在綠色的囚牢裏
每夜熄燈就寢後
我總是乘著火車的汽笛
回家

在故鄉的土竈，生起
一根根柴火，燒出了
一道道熱騰騰
濃稠稠的
親情

怎麼

我的枕頭又養起了魚？

1971年

那一夜，我睡火車站

空蕩蕩的候車室裡
長長的木椅躺著一條
疲憊的靈魂

（鄰椅這位流浪漢
今夜我們哥倆好
鐵路警察來了又走了）

吊扇無力地旋轉著
躺下，坐起，躺下

摸摸單薄的口袋
想著存在主義
想著破產的家

我已貧血
蚊子卻仍頻頻探問
半寐半醒的我
不時隱約聽到
鄰椅流浪漢
深沉起伏的鼾聲

1972年

秋

風在林中飛馳
你在風中歌唱
歌唱風　也
歌唱林

你既非玫瑰　也
非松柏
乃相思無限的
蘆葦

1973年

水中月

曾經　我心靈的眼
在一面化粧鏡前
凝視一朵荷花

而今夕我所見的
是一張蒼白的臉
在變形了的鏡中
扭曲著

乍然迸出一句

這是人間

不是天上

1973年

風景問題

我說
BYE　BYE
兩岸的風景
就這般莫名地
在我瞳中追逐起來

其實，誰也無法辨認
誰先挑釁，誰勝誰負
這都無關緊要

問題乃在於
我何以要說
那一聲非說不可的
BYE　BYE

1973年

溪流

海洋說
我是注定浪蕩江湖的
池塘說
不能流動才悲哀呢

其實，我是很知足的
每天彈著大地的絃
唱著自己的歌
多麼逍遙啊

我又何必去水洩不通的城裡
開什麼跑天下呢

1973年

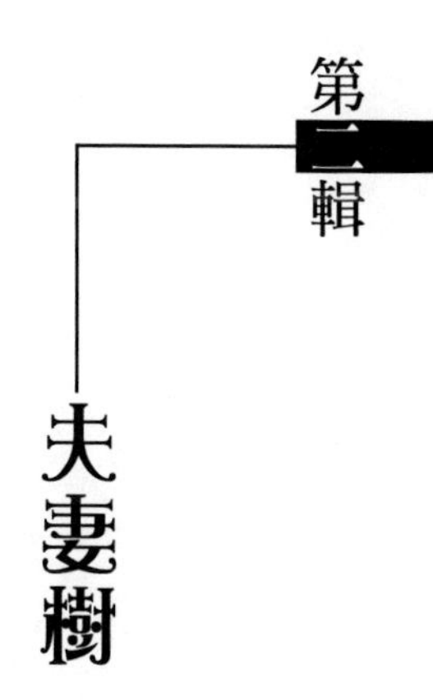

第二輯

夫妻樹

夫妻樹

——誌錫婚

我們是
姻緣路上
繾綣纏繞的
雌雄同株

為抓住這方鄉土　這座家園
就這樣同沐陽光和
風雨

青春雖已褪色
容顏卻更耐讀
無論喜悅或憂傷
我們的淚水　總是
如膠似漆

傳說　我們沒有年輪
永恆是年輪
我們沒有名字
名字就叫夫妻

1983年5月

有了

那天
妻對我說　有了
我看了看
我撫了撫
我聽了聽
我笑了笑
什麼也沒說

我想了又想
她是個不懂詩書的

肚裡哪來的墨水
哪來的真才實學
哪來的內在美

有了
終於我對自己說

1982年12月

疚

——給母親的詩

總是五月才想起
在故鄉的你
想起自己
那些成長的歲月
你總是以青春的針線
細細的編織著
我們的幸福

總是五月才想起
你枯樹的容顏
積雪的鬢髮
和空虛的心房

總是五月才想起
你
是我的
母親

1983年5月

裸女
——題畫

且捨棄虛飾的塵衣
回到初啼那種聖潔
那種真純

讀著妳的冰瑩
讀著妳的嫵媚
讀著妳的豐盈
讀著妳的慵懶

把秀髮讀成垂柳
把眉睫讀成曉月
把眼睛讀成流水
把乳峰讀成山巒
把臀部讀成水灣
把妳讀成荷花
讀成水仙
讀成一面粧鏡
一塵不染

1982年2月

夜

擺脫了戰爭的威脅
遂安全而自由地
回到屬於我倆的
後方

這裡沒有虛偽
沒有噪音
也無任何的壓迫感

縱有戰端興起
也只是上帝交下來的
那一回事罷了

雙方無傷亡

1983年1月

伊的眼神

小立心橋，觀橋下夢湖盪漾
幾許春愁，幾許無奈
撫橋畔垂柳瀟灑
幾分嫵媚，幾分輕柔
風是多餘的
伊自有柳姿湖色

歌聲自湖中飄起
飄起雲，飄起霧
飄起夢與詩的酩酊

醉我，深深的

當我醒來

已是深秋，已是深秋呵

1981年

註：〈夢與詩〉是胡適的一首詩。

雨夜

眾弦俱寂
我自天涯歸來，擁吻
這塵封的故土
帶著我的老歌

我揮淚
你垂睫
千言萬語，千絲萬縷
也無法唱出我的情意

1983年

月之航

佛曰：不可說，不可說
水仙已吐露著芬芳
闔起你的靈魂之窗吧
讓我溫柔的舟子
與你的舟子會合，重疊
且划出我的槳，與你的槳
會師，然後
任湖傾斜，任舟子翻覆

任水淹沒吧

我欲死去

天堂的門已開啟

已微微開啟

1982年12月

髮・蝴蝶結

要植就在天上植雲
要植就在河畔植柳
要植就在心中植妳
髮的柔情

要讀就讀山中的瀑布
要讀就讀海上的飛鳥
要讀就讀風中的妳
髮的微笑

妳走後

我總愛化做一隻蝶

在天空，在河畔

在山中，在海上

尋尋覓覓，飛飛停停

直到把自己變成

妳髮上的那隻

蝴蝶結

1982年

含羞草

請別用那種眼色逗我
請別用那種語言激我
請別用那種態度惹我
我是經不起撫觸的
一株草

不是我不解你的真情
祇因習慣於封閉自己
不是我有意拒絕你
我實在無法表達自己

這叫我如何是好
這叫我如何是好

1981年

海的情歌

裸體的海
以萬種風情
歌
舞

這是夏季
情人蜂擁而來
休說游入伊的體內
只要輕輕觸及
伊光滑的肌膚

或是靜靜觀賞
伊胴體的美
便是一種過癮

1981年

第三輯

現代的臉

現代的臉

一張張被畢卡索扭曲了的
臉　跑出了
畫面　變成
一張張木偶的
臉　跑出了
劇台　變成
一張張模特兒的
臉　跑出了
櫥窗

一張張模特兒的

臉　跑出了

櫥窗　變成

一張張木偶的

臉　跑出了

劇台　變成

一張張被畢卡索扭曲了的

臉　跑出了

畫面

聽說這就是現代最流行的

臉

1981年3月

牆

人
走進
一幢最豪華最現代
老死不相往來的
心房

四週皆牆
牆上都張貼著
保持距離
以策安全

牆裡
牆外
都站著
同樣不得其門而入的
孤寂

1982年11月

燭

焚血
煮淚
把黑暗燒出
一道傷口
遁逃

埋首於此，也
焚血，也煮淚，直至
那黑暗歸來，把我
吞噬

1982年3月

冰心
——獻給李冰老師

所以說
你畢竟是一塊拒絕融化的
冰
以老僧入定的姿態
冷冷地瞪視著
這個變幻無常的
世界

我透視

並且能聽見

那一朵　赤裸的心焰

在你晶瑩剔透的體內

熊熊地

燃燒

1982年11月

中國結

我把心事
編織成一條龍
唱出了
我們
不能再是
一
盤
散
沙

1983年3月

空心菜

我在我的心園
種四棵空心菜
一棵老聃
一棵莊周
一棵釋迦牟尼
另外一棵就叫
自己

1982年

釣

這是一個充滿陷阱的世界
請不要說
這湖面如鏡
這風景如畫
你可知？
湖中受傷的蚯蚓，正無奈地
渾身施展她誘魚的媚功呢

1981年

放風箏

小時候
我愛在風中
拉著琴紘
邊彈邊唱
兒歌

長大後
我緊抓著顫慄的
生命線
在天空草寫

一封長長的情書
給雲

如今
我陪著孩子們
放風箏
更為俯視
那錦繡江山的
根

1981年

觀湖亭

無雨，也無陽光
何以你依然撐傘在此
守候一生的
冷

靜靜讀湖
湖也以煙波蒼茫
讀妳
九月了，高處微寒

雲淡風清，而山
總在虛無縹緲間

不見古人，也不見來者
你，就這樣孤高地
守候一生的
冷

1982年9月

剪影

其實
你所看到的
祇是我的一面
另一面
在我心裡

同樣地
我所看到的
也祇是你的一面

另一面
在你心裡

1983年4月

詮釋

土，哭腫了
碑，愣在那兒
而千千結的蔓草
想解開些什麼

其實，幕啟必然要落
管他的英雄好漢
管他的凡夫俗子
一樣的安息

不同的是
如何讓它有個美好的
完成

1982年3月

怪手之一

在我家屋後的那塊土地上
你似學堂裡的老學究
搖首晃腦地吟哦著
書中自有黃金屋

渴了，便引著長頸鹿的脖子
汲水喝，有時
也大象般地嗤之以鼻，說
書中哪有黃金屋？

1982年5月

怪手之二

翻著，翻著
翻開了大地的封面
翻閱著泥土的內頁
是鏗鏘的詩句？
還是生命的種子

古典的老詩人
總是搖首晃腦地
一遍又一遍地吻著
芬芳的泥土

一口又一口地掘著
烏臭的街心
時而仰天長嘯
時而低頭吟哦
時而舉起他的鐵筆
向世界宣戰

現代的我
不甘寂寞
也學老詩人般地
搖首晃腦地翻閱著
大地的書

1982年5月

第四輯

盆景的話

盆景的話

小時候
就離鄉背井
來到這有土無地的
院落
仰不見天，俯不及地
總是常被人修剪
且時扭曲成
他們所喜歡的
一種樣子

沒有深植的根
吮水之後
即暗自落淚……

故鄉呵
你在哪裡？

1982年1月

盆景

一輩子
一把泥土就夠了

誰不知
這是一個寸土寸金的世界
只好將就將就
在這樣一方小屋裡
過它
一輩子

1982年3月

原鄉人
——美濃印象

淡淡的風景濃濃的鄉愁
是菸畦是稻田
是中原的根與土
在這裡生長綿延

濃濃的鄉愁淡淡的風景
是老街的古屋
是平妹多皺的臉
刻著斯土的愛情

荖濃溪是一條唱不完的歌

浣衣女洗不盡一件又一件的

鄉愁，我的心情

桐油紙傘般

　　旋

轉

1982年6月

中正文化中心之晨

五點之後
廣場便三三兩兩的
醒來

醒自花樹間。練太極拳者
正在與天地比劃
青石上，讀早報者
讀文化與工商齊飛
而壓軸當然是
三五個土風舞群了

他們邁開步伐
舞出了中國之春

天空逐漸清朗
大地逐漸沸騰
汗，是要流的
而當國旗迎曦升起
我知道
血，沒有白淌

1982年

城中樹

我是瀕臨絕境的族類
佇足孤冷的街角
望斷喧嘩的城
吸著賓士冒過來的黑煙
搖以枯黃的手

無人理我

祇身邊的一棟大廈
老是要跟我比

讓我感覺到

永遠矮了一截

1983年2月

旗津印象

盈盈一水，劃開了
古典與現代

桃花過渡後
就洗盡繁華
把喧嘩的歷史
寫在對岸

一朵朵風，趕來
看息影後的桃花

妝扮成為漁女的
模樣

補破網的老人
補著現代的茫然
粗獷的漁郎
可識得紅塵千丈？

1982年10月

捏麵人

信手一捏
捏一個童年的我
捏一景家鄉的山水
再捏一朵古典的悠然

捏一隻鳥
飛回歷史的天空
捏一匹馬
奔回故鄉的馬廄
再捏一個關雲長　一把偃月刀
一位孔夫子　一部春秋

這是五彩繽紛的世界
捏一個成年的我
捏一景都市的山水
再捏一朵現代的茫然

1981年6月

一條小河

我是
一條小河
穿著
白上衣的
鄉村
黑褲子的
都市
望著
望著綠草裙的山
發楞——

1982年

產業道路

蜿蜒復蜿蜒
盤旋又盤旋
披荊斬棘的英雄
把血汗凝固成河
一條山民的生命線

瞧！一輛輛的大卡車
逆流而上
滿載著豐富的山產
順流而下

於是伊們的肩

不再紅腫

伊們的顏

綻開了野花朵朵

伊們的歌

也在那裡迴響

1982年4月

第五輯

三月的陽光

三月的陽光

你赤熱的心自東海
冉冉地升起，望著
望不盡呀三江五嶽
歌不完呀白山黑水

是鶯飛草長的季節
忠魂長眠黃花蒙羞
長江哭泣紫金變色
而北京的琉璃瓦呀
如何能挽留落日？

是鷹揚虎嘯的三月
三月的陽光
是燃燒的怒火
是沸騰的熱血
自東海，熊熊地燃起

1983年3月

一件血衣

在古老的衣櫥裡
有一件綠色的血衣
都卅七年了
比我還要大幾歲呢

老軍伕說
這舊衣上的血跡
是在南洋濺染的
不能洗掉

我想

就永遠典藏吧

讓世世代代

永遠記住這件血衣

1982年

雨夜懷屈原

把書桌上的燈，喧嘩
成為悠悠汨羅江水
遙想當年，在此地
你如何縱身一躍
化為水仙，流芳到永遠

而彼夕，眾人皆睡
何以惟你獨醒，只是
你這一睡兩千年
卻再也沒有醒來

而今夕，我佇立澤畔

翻開楚辭痛讀離騷

在雨中在風中

在冥冥的世界

是我淚眼模糊？

還是窗外過暗

我看不清你的睫

你的睫有多長？

縈繞我小小的心房……

1982年5月

梅花頌之一

熱血，在雪骨中奔騰
戀歌，在霜魂裡高唱
一股凜然正氣升起
自美麗的大地
自億萬顆仰望的心，仰望您
無數個寒冬所鍊成
一顆不朽的國魂
如一面旗之歡呼
如一首歌之飛揚

屹立於萬古
屹立於中國苦難的土地上
浩然湛然，傲霜凌雪
愈冷愈堅，愈寒愈香
看那東征，氣吞長虹
看那震山破雷的北伐
看那剿匪，重鑄鐵血
而堅苦卓絕的八年抗戰啊
更是您，偉大的國魂
點起中國的光明

松柏後凋於歲寒
而您，擎起大地之春的手
剪冰裁雪而來

舒展香顏而來
帶領新春而來
春在自由的寶島上
　在安和樂利的生活裡
春在國人的心中
　在民族的根
　在民權的花
　在民生的果
春在三民主義的世界

中國啊中國
我們要飛翔，在藍天白雲中
我們要回去，在青天白日下
在民有民治民享的大地

遍開著至真至善至美的花朵

在倫理民主科學的土地上

散播著自由平等博愛的芬芳

我們誓願，帶著

一面旗、一首歌

光復神州，解救同胞

為大陸創造新的春天

1981年12月

梅花頌之二

不慕夏的繁華
不妒秋的瀟灑
總愛獨步冰天雪地裡
享受冬的氣息
或者飽經風霜
或者櫛風沐雨
活得有聲有色
活得理所當然
因為你知道
秋去冬來，冬盡春來

凋零是他人的事
冬眠更非你所願
於是你挺一身傲骨
昂然屹立
在山巔，在水涯
在大地，在原野
在有泥土的地方

你從來不知
什麼是寒冷
什麼是蕭條
什麼是懦弱
什麼是畏縮
你只知道

船，就要航行

星，就要發光

雲，就要飛揚

樹，就要開花

開花就要芬芳

就要無畏冰霜

就要休管風雨

冰霜，只有使你更堅強

風雨，只有使你更勇敢

你不喜玫瑰的嬌艷

不愛牡丹的繁華

一抹淺淺的笑意

一縷淡淡的幽香

如是深遠，如是清芬
如是玉潔，如是冰瑩
你是國色天香
你是我們的國花
在自由的樂土
民主的國度，綻開
五千年的芬芳

聽說，春天已在彼方
醞釀，熱血已在彼方
沸騰，中國啊中國
冰雪就要融化
隆冬即將逝去
讓煦日狂吻大地

讓和風擁抱草原

讓我們帶著你的精神

掬一把故國馨香

擎一枝江南新春

1981年12月

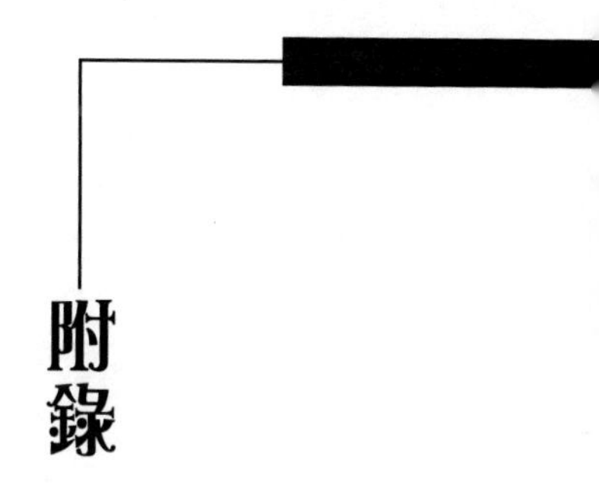

附錄

長青的《夫妻樹》
——舊版序

李冰

■《夫妻樹》長青的宿命論

這一季，是青春季節，青春永懷希望。

這一季，是播種季節，播種才有收穫。

這一季，是栽種季節，《夫妻樹》栽植在這一季，栽植在播種與希望的季節，它的根深蒂固，枝繁葉茂，我說這是它宿命中注定。

■從我底詩觀談雨弦的詩

詩是沒有固定面貌的大自然的昇華，詩的內涵是萬有生命的綜合，因此，詩人們對詩各自有其論點，我底詩觀是：

「生命中有詩，詩中有生命，詩離不開生活，詩與人類歷史一樣，是生生不息有機體的創造——創造意象、創造情趣、創造境界、創造風格；唯有這種敢作敢為的創造，才能衝出別人的因襲與自己的重複，而不是辭藻的堆砌或形式的僵化，這也就是詩的藝術，詩的境界。

詩也許是一襲雲翳，也許是一片落葉，但它有著會呼吸的思想與節操，這也就是詩的價值。「詩言志」不足以涵括詩質，但詩的價值卻能啟導心志向上，因此，有詩的生命才是活的生命，有詩的生活才是真善美的生活。詩，應該說是萬有萬能的化身。

詩的潔淨的門檻，永拒財勢的邁入，因此，要洗淨鉛華，走出世俗，才能進入詩境，與詩同族。」

基於以上認同，我喜歡詩，我的小說是由詩啟蒙的，雖然多年不寫詩，對詩的摯愛卻絲毫未減，結交詩的朋友，鼓勵學生寫詩，希望詩神能進入每個人的心中。

是前年這個季節，雨弦來到我主持的文藝創作班，他的沉默寡言，循規蹈矩的學習行為，並沒引起我的注意，可是當他把自己的創作〈盆景的話〉拿給我看時，我高興得就像自己尋回了詩的生命。〈盆景的話〉是屬短詩，通俗的詞藻，傳統的結構，但那種新穎的創造，深邃的意境，確實表現出平凡中的不平凡：以扭曲的生命，抒嘆鄉情的無奈，把時間與空間，親情與鄉情，濃縮在小小的「盆景」之內。這是一種高度技巧的提煉，文字匠藝的結晶。所以這首詩在《創世紀》發表後，向明先生曾為文評介，不過向明先生猜錯了，雨弦（就是張平）既非中年人，亦非渡海來台的流浪漢，他地地道道的生長在本省，今年才三十四歲，由此亦可看出作者對詩經營的才智與老練。

人的一生是活在詩的生命中，但詩的生命意境只有詩人才能觸覺到，詩是大自然存在的內涵，如果不懂詩，將永遠被摒棄在大自然的門外，生活只是人間煙火而已。只有進入詩的門徑者，才能藉大自然的內在精神，昇華自己的性靈，美化豐富自己的人生，雨弦已經敲開了大自然的門扉，而且正向深邃探索，他靈犀的觸覺與視覺已豐富了他的生命，這從《夫妻樹》中可以看到他性靈中所展現的大自然的全貌。

■從「愛」出發的「夫妻樹」

雨弦生長在台灣的鄉村，我想他童年一定是個打赤腳踩泥巴的孩子，因為只有「踏實」才能「體驗」出大地的豐碩的內涵，才能對任何意象與形象含蘊「愛」的情分。《夫妻樹》共分四輯，但它展現「愛」的詩情則是同樣的。

第一輯「夫妻樹」是人倫情感的栽植，栽植與耕耘同樣要心血與恆心，從〈夫妻樹〉到〈海的情歌〉這十二首作品，完全是真摯情感的提煉；羅曼羅蘭曾說：「愛是一種信仰，愛是一種力量。」只有「愛」才能照亮人生，啓迪生命的創造精神，緜延人類無窮盡的生命，但情詩亦該有情詩質律，那就是把「情」融入「詩」中，而不是將「詩」做為「情」的外套，「盡在不言中」是真正的詮釋，《夫妻樹》輯中，就有這種境界。

第二輯「現代的臉」，這是作者對人生百相觀察經驗的表白，有些人庸庸碌碌的生活一生，對自己尚未能徹底瞭解，他又如何去肯定人生？這正像「看山是山，看山不是山，看山還是山」一樣。到「澈悟」層次中，才能真正認識自己，認識別人，進而與人群社會結合；這是一段艱難的里程。作者在這一輯中，展露出他獨具的靈覺，我認為這是最具重量的一輯。

「盆景的話」是屬於鄉情輯，所以強烈地展現著鄉土的情愫，人都來自鄉土，對自己的鄉土都有一份執著，

「家鄉捏土值千金」，這是母性的淳情。出自天性，簷角的一片瓦，牆頭上一棵草，都值得遊子去珍惜與關懷。由於科學的進步，今天的鄉土早已為「現代」所污染，但鄉土仍是鄉土，永遠貼著母親的慈容，再大的機器也輾不碎鄉土的面貌，本輯幽思懷古之情，撩人低迴。

最後一輯是「三月的陽光」，憂患意識所觸發的正義之光。我們生活正遭受一股逆流的衝擊；為了「夫妻樹」的成長；為「現代的臉」不被扭曲；為了「盆景」尚擁有一線藍天，作者在詩質中展現了「大愛」的風貌。從「三月的陽光」想起蒙羞的黃花，從「一件血衣」中看到異族曾加諸我們的凌辱，從「雨夜懷屈原」中冥想一代忠貞……最後他仍在「梅花」下迎寒而立：「掬一把故國馨香，擎一枝江南新春」，這是這一代青年人的希望，也是全中國人的希望。詩的行為是自由的，但它的精神確有嚴肅的一面，在這大時代中身為一個詩人，除了創作之外，還必須肩起另一種莊嚴的使命——把詩的火炬傳遞下去，把民族的生命延續下去，光芒不是以重量、尺度來評斷，而是尋求無限時空中的散播與延長。

《夫妻樹》為雨弦的處女集，在詩創作上他已打下穩固的磐基，但願他能從此再出發，創作再創作，在詩的國度裡，能有更豐碩的收穫。

一九八三年二月於鳳山市

1983年5月24日台灣新聞報・西子灣副刊

1983年7月腳印詩刊11期

舊版「後記」

十九年前，我年十六，偶然接觸到新詩，深為喜愛，也就開始塗塗寫寫，而且甚勤，產量也多。到十九歲時，作品竟逾百首。當然，這些詩作之中，大多衹是情感的發洩，嚴格地說，實在談不上詩。而在後來，又迫於現實問題停筆，至此，我詩的生命遂遭受到嚴重的摧殘。

回到詩壇，是前年春的事，由於年歲漸長，人生體認漸深，加以詩的同好，不斷給我鞭策、鼓勵，於是被抑制的詩興重又燃起，而且有燎原之勢。

收集在本集子裡的作品，除了〈水中月〉等四首，是六十二年間所作外，其餘便是近兩年來的一點收穫，風格並無殊異，它們多為抒情的、鄉土的，而對於生命的歷練與探討，則是我一直在努力的方向。至於最早期的作品，由於稚嫩，為免臉紅，也就不收錄了。此外，要一提的是，本詩集的取名為「夫妻樹」，除了這是本抒情集外，同時，也是為了紀念我與內子結婚十年，是有特殊意義的。

本書得以順利出版，承蒙李冰老師賜序，以及平日諸多關愛、指導，廷俊兄精美的封面設計和插畫，楊莊兄與「腳印」同仁的鼓勵、策劃，以及名詩人向明和艾之江兩先生的評介，當然，還有許多關愛我、教導我的詩友、前輩和讀者，他們都是本書的成因，都是我要順此一謝的。

雨弦1983年3月

於澄清湖畔仁美小屋

讀三首寫盆景的詩

向明

盆景是一種綜合園藝、森林、農事、美術、文學以及人品修養的造形藝術，我國早在唐宋以前就有人喜好。據《辭海・盆景條》引劉鑾五石瓠文稱：「今人以盆盎間樹石為玩。長者屈而短之，大者削而約之，或膚寸而結果實，或咫尺蓄蟲魚，概稱盆景。元人謂之些子景。」故盆景藝術是我國特有的一種文化特產。近百年來，這種藝術更由於日本的提倡而風行歐美及世界各地。有些人又依英文 potted planting 的意思，而譯稱盆栽。至於其培植的知識和技術亦因科技的發達而大有講究，坊間已有專書論列，顯然已經成了一種專門學問。

由於盆景是利用藝術觀點而巧製成的一種自然美的縮圖，亦即所謂「迷你景致」，所以使人在觀賞之餘容易產生許多聯想，是詩人、文學家藉以發揮的好材料。游子六所輯《詩法入門》第四卷有一位名叫許觀的詩人寫了一首〈柏屏〉的詩，似乎就是為一缽柏樹盆景而寫，詩云：「堂堂十尺林，為屏忍屈曲，終抱凌雲情，不改歲寒綠。」十足道出了藉物譬人，雖受屈而不改其志的抱負。

近些年來，現代詩的題材廣拓，盆景或盆栽既然是一種非常流行的現代生活點綴，而常又引人遐思，所以以盆景為題材的詩亦屢有所見，現將最近所讀到的三首予以介紹，並試加一點點感想：

一、盆景的話　作者：張平

小時候
就離鄉背井地
來到這有土無地的
異域
仰不見天，俯不及地
總是常被人修剪
且時常扭曲成
他們所喜歡的
一種樣子

沒有深植的根

飲水之後

即暗自落淚

故鄉呵，我芬芳的泥土

你在哪裡

這首詩刊載於今年六月出版的第五十八期《創世紀》詩刊。作者張平是個陌生的名字。如果不是老詩人的另一筆名，就是一位崛起詩壇的新秀。但是從詩的內容看，作者不應該是一位年輕人。詩人藉一株幼苗的移植盆中，被整型為人們所樂於欣賞的樣子，以來自況少小離家遠適異地，成長中飽受現實中「長者屈而短之，大者削而約之」的委屈，從而發出「故鄉呵！你在哪裡」的吶喊，可說意象的取用，語言的處理，都非常準確乾淨。是一首感性很強的短詩。筆者懷疑作者是一位渡海來台的中年人，祇有這種人才有這麼深的生活感受，才會發出這樣深重的呼喊。

二、盆景　作者：雨弦

一輩子

一把泥土就夠了

誰不知

這是一個寸土寸金的世界

只好將就將就

在這樣一方小屋裡

過它

一輩子

〈盆景〉這首詩刊於本年六月出版的第三十五期秋水詩刊。作者雨弦是一位年輕詩人，經常有作品發表在《秋水》、《腳印》等詩刊上。這首詩衹有短短的八行，卻表現了一種對現實屈就，對人生認命的看法。作者由盆景的只能活在一把泥土的悲哀，而聯想到現實裡這個寸土寸金的世界，是一種很精準的跳接。詩的意義也就出現在這上面。在我們週遭這樣將就將就窩在一個角落裡活一輩子的人很多，雨弦衹不過幫他們把這一現象描寫出來。

三、盆景的話　作者：渡也

近來我的毛髮逐漸枯萎

並非水和肥料的愛缺乏

而是車馬聲逼問的結果

立地的腳已受傷

也沒有任何中藥能夠醫治

唯有毫無人跡的原野

才是設備最佳的醫院

請送我入院

我的親友

都在那裡等我

推開陶瓷盆的懷抱

我欲乘風歸去

把自己埋入在雲深不知處

聆聽盆栽的話後

在都市大量製造山林的他

將所有盆中的花木

連同自己

全部放回深山就醫

〈盆栽的話〉刊於陽光小集一九八一年秋季號。作者渡也寫了一系列盆栽研究的詩，這是其中的第十首。渡也在現代詩壇是一位極有成就的年輕詩人，目前在文化大學國文研究所博士班研究，同時任教於嘉義農專。出版有詩集《手套與愛》，散文集《歷山手記》。渡也寫詩的技巧特具機智，尤其他在從日常生活中挖掘詩的素材的能力更是高人一等。

這首詩的前一段完全是盆栽在自說自話。說他毛髮枯萎的原因並非缺水缺肥，而是車馬聲逼問的結果，唯一能治癒的方法，就是回到原野，很顯然的這是表露現代人對都市機械文明厭惡，欲求復返自然的一種心聲。從前鄭板橋寫過一首〈破盆蘭花〉，他說：「春風春雨洗妙顏，一辭瓊島到人間，而今究竟無知己，打破烏盆更入山」。現在渡也也說他的親友都在原野等他，要推開陶瓷盆的懷抱，回到雲深不知處，可見即使在車水馬龍的人間，無知己的孤寂感卻是古今相同。

盆栽把話說完以後，第二段終於出現了盆栽的所有人「他」，他聽了盆栽的話，不但將所有的盆栽都放歸山林，連他自己也入了山。一個喜劇性的圓滿結束。充分表現了詩人天真的想法。

以上這三首詩都是以盆景或盆栽作對象，但各首的寫法不同，觀點也各異，十足表現了詩人心態的多面性。時人常說現代詩缺乏時代感、現實性，讀過這三首抽樣的詩以後，當知那是一種因不親近現代詩所生的一種偏見。

七十一年七月二十六日燈下

1982年8月16日詩隊伍

一、名詩人向明先生，在本文中所評〈盆景的話〉及〈盆景〉兩首詩具為個人作品，由於在《創世紀》與《秋水》分別發表時，未用同一筆名，同時這兩首作品是在兩種完全不同的心態下所寫，難怪向明先生誤為不同作者，今特為說明，並請向明先生和讀者諒解。

二、〈盆景的話〉這首詩，除向明先生在本文中所評外，另有桓夫、李魁賢、陳明台、鄭炯明等前輩詩人的短評，因囿於篇幅，未能轉載，但仍對他們表示謝意。

雨弦　謹識

致詩人雨弦

朵思

傳說，我們沒有年輪
永恆是年輪
我們沒有名字
名字就叫夫妻

接到《夫妻樹》的贈書時，是在去年六月初旬，照說，我心境上已接受了另一種命運的既定事實，應安於平靜了才是，然而，我卻確切記得我的情緒還是相當的紛亂，時隔畢加中風整整一年，我思緒的澎湃起伏依然，借靜坐調息中，看到你那麼清新可喜的詩句，我告訴自己的話是，我喜歡這個年輕突出的詩人。

我猜想，我的地址，你大概得自和畢加有書信往來的「腳印」同仁楊莊那裡吧？而沈昌明畫筆下你的速寫，線條分明，渾厚且親和，這樣的一張臉，常是我離鄉後遇見同鄉時，自第六感升起的稔熟的感覺——果然，一看作者簡介，你也是嘉義人。

《夫妻樹》封面、裝幀，都相當不錯，詩的內容，自一個年輕詩人的角度來看，是非常非常出色了。第一輯「夫妻樹」裡，坦露內心的〈疚〉，娓娓描摹〈伊的眼神〉、〈雨夜〉、〈髮・蝴蝶結〉，都留得一種神韻懸在讀者心頭。第二輯「現代的臉」，內中〈水中月〉、〈牆〉、〈燭〉、〈中國結〉、〈釣〉、〈放風箏〉、〈觀湖亭〉幾乎支支強打。緊接著第三輯「盆景的話」，是向明探討的主題，他認為署名張平的作者，應是老詩人的另一筆名或崛起詩壇的新秀，他的猜忖是正確的，因為你的圓熟由他來證實，更強韌了你作品的價值感，雖然，把〈盆景〉和〈盆景的話〉作者猜為兩人，但這種錯估，卻反倒有益你的被肯定，不知你認為然否。第四輯「三月的陽光」裡，你寫〈雨夜懷屈原〉的筆調，使我決定要寫一封信給你，因為我想告訴你，我欣賞你的才華，也想告訴你，收集在你詩集內析賞〈老榕樹〉那首童詩的艾之江就是畢加，還有，你的老師李冰是他的舊日好友，也和我有過一面之緣。

然而，這股衝動卻無端的因著畢加半夜三更的抽痙作罷了，接踵而至的整個夏季，我為他X光片兩個肺部質疑的黑點，不斷的奔逐在榮總的驗痰求證上，如此一來，真是把什麼事都擱下了。歲末，你寄來茶樓開張的請柬時，我就像每次收到桓夫從臺中寄來的文化中心各項活動請柬上，禮貌上想寫幾個字道謝和致歉，卻因精疲力竭而擱淺，最近，從一份詩刊上，知道了你茶樓歇業的消息，我提起筆來，卻又不知說什麼好，我總覺得，許露麟、張雪映開的「五更鼓茶藝館」雖是詩意十足，但長久浸在茶汁中，泡出來的詩味能否更濃郁，卻還是個未知數，所以，你把經營的茶樓結束也好，詩人經歷不同生活經驗的磨練也是一種養分，你說是嗎？

1984年7月17日商工日報・春秋小集副刊

喜讀《夫妻樹》

林清泉

對雨弦來說，我喜讀他的詩是無話可說了，只要一有他的詩發表，我都不會放過機會，而且多讀幾遍，讀出詩味來。但最近一想到他，我就有歉疚的感覺，記得去年八月，在高雄的「南風雅集」文藝聚會上，我第一次看到雨弦，他把出版不久的詩集《夫妻樹》簽名送給我，還說他的詩風多少受到我的影響，他斯文而誠懇的態度，知道並不是客套，很使我感動。我答應為他的詩集寫一篇推介的文字，事隔這麼久了，才落筆，我內心的「歉疚」可想而知。

《夫妻樹》是雨弦第一部結集出版的作品，由山林出版社出版，輯有四十二首詩，分四輯，即夫妻樹，現代的臉，盆景的話，三月的陽光。並有名作家李冰的序〈長青的《夫妻樹》〉，附錄二篇即名詩人向明的〈讀三首寫盆景的詩〉，艾之江的〈析賞雨弦《老榕樹》這首詩〉，作者的後記。作者說：「十九年前，我年十六，偶然接觸到新詩，深為喜愛，也就開始塗塗寫寫，而且甚勤，產量也多；到十九歲時，作品竟逾百首。當然，這些詩作之中，大多祇是情感的發洩，嚴格地說，實在談不上詩。而在後來，又迫於現實問題停筆，因此，我詩的生命遂遭受到嚴重的摧殘。回到詩壇，是年前春的事，由於年歲漸長，人生體認漸深，加以詩的同好，不斷給我鞭策、鼓勵，於是被抑制的詩興重又燃起，而且有燎原之勢。」（見後記），從這段自白中可發現作者寫詩的歷程軌跡，而對停筆這麼多年的詩人能一觸即發之勢，可能是水到渠成。這一、二年來，雨弦的詩不但「量多」，更是「質精」，令人刮目相看。李冰說：「雨弦已敲開了大自然的門扉，而且正向深邃探索，他靈犀的觸覺與視覺已豐富了他的生命，這從《夫妻樹》中可以看到他性靈中所展現的大自然的全貌。」（見〈長青的《夫妻樹》〉），這可說是對雨弦詩最好的詮釋與肯定。

雨弦的詩從柔美中顯出渾厚之氣，熾熱的情感中帶有理性的導引，且對人類與萬物處處流露悲憫的情懷與關注，取材也許平凡，但卻由於平凡，讀起來格外親切，有黏性。試以他的〈夫妻樹〉這首詩為例：

我們是
姻緣路上
繾綣纏繞的
雌雄同株

為抓住這方鄉土　這座家園
就這樣同沐陽光和
風雨

青春雖已褪色
容顏卻更耐讀
無論喜悅或憂傷
我們的淚水　總是
如膠似漆

傳說　我們沒有年輪
永恆是年輪
我們沒有名字
名字就叫夫妻

這首詩另有附題「誌錫婚」，可看出是為紀念作者結婚十週年而寫，詩意纏綿，益顯出夫妻恩愛之情，詩分四段，第一段寫出他們的結合是「繾綣纏繞的雌雄同株」，天生一對。第二段寫出他們成家後同甘共苦，「同沐陽光和風雨」，第三段寫歲月催人老，但愛心永不變。第四段寫他們是永恆的夫妻。這首詩有溫馨感人的力量，讀後令人低徊不已。

雨弦的情詩有他的一手，就以他的〈伊的眼神〉這首詩為例：

小立心橋，觀橋下夢湖盪漾
幾許春愁，幾許無奈
撫橋畔垂柳瀟灑
幾分嫵媚，幾分輕柔
風是多餘的
伊自有柳姿湖色

歌聲自湖中飄起
飄起雲，飄起霧

飄起夢與詩的酩酊

醉我，深深的

當我醒來

已是深秋，已是深秋呵

很美的情詩，空靈含蓄而不濫情，〈夢與詩〉是胡適的一首小詩「醉過方知酒濃，愛過方知情重；你不能做我的詩，正如我不能做你的夢」。但我讀完雨弦這首詩卻使我聯想到陸游的詩：「傷心橋下春波綠，曾是驚鴻照影來。」不知是否有受到陸游詩的影響否？

雨弦對世態觀察的敏銳，刻劃的深入，是令人叫絕的，如〈釣〉這首詩來說吧！不但有諷世意味，更有警世作用。

這是一個充滿陷阱的世界

請不要說

這湖面如鏡

這風景如畫

你可知？

湖中受傷的蚯蚓，正無奈地
渾身施展她誘魚的媚功呢

表面寫釣魚，實際寫這個「充滿陷阱的世界」，不得不處處留神，小心啊！溫柔的陷阱「湖面如鏡，風景如畫」，而「蚯蚓」指女色，用「受傷」二字，用得妙，表示並非自願，而是受驅策，無奈地，這首詩把今日世態描得淋漓盡致。

〈疚〉這首詩寫遊子對母親的心情並不是單純的孝思並加上無限的「歉疚」、「難過」，「樹欲靜而風不止，子欲養而親不在。」但在今日社會，多的是雖然「親在」而「子欲養」也「不能養」的悲劇，〈疚〉這首詩正顯示了這令人深思的問題。

〈盆景的話〉與〈盆景〉這兩首詩，既有名詩人向明的「精闢」解析，我不再贅述掠美了。

統觀雨弦的這本《夫妻樹》裡的詩已展現了不凡的詩才，如從有限的生活領域裡更擴大視野，詩的技巧多加鍾鍊，加上他寫詩之勤，必會有更豐碩的收穫。

1985年3月28日民眾日報副刊

雨弦的〈一條小河〉

趙天儀

雨弦，本名張忠進，台灣嘉義人，民國三十八年生。腳印詩社、風箏童詩社同仁，著有詩集《夫妻樹》。

在《夫妻樹》的「後記」中，他說「十九年前，我年十六，偶然接觸到新詩，深為喜愛，也就開始塗塗寫寫，而且甚勤，產量也多，到十九歲時，作品竟逾百首。當然，這些詩作之中，大多祇是情感的發洩，嚴格地說，實在談不上詩。」這是一種很坦白的自我陳述，詩當然不祇是情感的發洩，然而，怎樣才算是詩呢？試以他的「一條小河」的作品為例：

我是
一條小河
穿著
白上衣的

鄉村
黑褲子的
都市
望著
望著綠草裙的山
發楞——

把「我」當作「一條小河」，換句話說：我就是小河，而小河就是我。這該是一種擬人法的表現。「我」是「穿著白上衣的鄉村」，表現了小河流經鄉村的時候，是穿著清澈見底的白上衣。而「我」是「穿著黑褲子的都市」，則表現了小河流經都市的時候，卻已經變成受了污染的黑褲子了！而岸邊的山，該是小河所望著的綠草裙的山了！因此，小河祇好「望著綠草裙的山／發楞」哩！

這首詩，用擬人法的表現出發，以白上衣比喻小河的清澈，以黑褲子比喻小河的被污染，以綠草裙比喻山的青翠昂然，也可以說，以三種顏色來象徵小河的變化及其仰望。

1985年7月7日台灣時報‧兒童樂園（周日版）

新詩欣賞：疚
——給母親的詩

蓉子

總是五月才想起
在故鄉的你
想起自己
那些成長的歲月
你總是以青春的針線
細細的編織著
我們的幸福

總是五月才想起
你枯樹的容顏
積雪的鬢髮
和空虛的心房

總是五月才想起

你

是

我

的

母

親

——雨弦

雨弦，本名張忠進，民國三十八年生，台灣嘉義人。腳印詩社同仁，著有詩集《夫妻樹》。

這首詩的題目為「疚」，一旁的附題是「給母親的詩」，可知這首小詩是詩人寫給母親用以表示自己一份愧歉之情的。至於他為何對母親感到愧怍和不好意思呢？詩的一開頭就告訴我們了，說「總是五月才想起／在故鄉的你」。母親含辛茹苦撫育我們長大，我們的幸福是母親犧牲了自己的青春換來的；可是當我們成人後，常常為了學業或事業前途遠走他鄉，把母親孤零零地留在老家。不僅如此，甚至由於日常的忙碌或都市裏人來人往的熱鬧，平時很少想到遠在故鄉的母親。直等到五月母親節來了，這才一年一度地想起母親。第二段是說，當人子想起母親的時候，母親的容顏已老，頭髮也白了，加上一份兒女不在身邊的空虛和落寞！末段第二句特殊的排列法，加重了那份孺慕的情愫和一字一句的深恩。

1986年3月9日國語日報

讀詩人40　PG0955

夫妻樹

——雨弦詩集

作　　者　　雨　弦
責任編輯　　黃姣潔
圖文排版　　王思敏
封面設計　　王嵩賀

出版策劃　　釀出版
製作發行　　秀威資訊科技股份有限公司
114 台北市內湖區瑞光路76巷65號1樓
電話：+886-2-2796-3638　傳真：+886-2-2796-1377
服務信箱：service@showwe.com.tw
http://www.showwe.com.tw
郵政劃撥　　19563868　戶名：秀威資訊科技股份有限公司
展售門市　　國家書店【松江門市】
104 台北市中山區松江路209號1樓
電話：+886-2-2518-0207　傳真：+886-2-2518-0778
網路訂購　　秀威網路書店：http://www.bodbooks.com.tw
國家網路書店：http://www.govbooks.com.tw
法律顧問　　毛國樑　律師
總 經 銷　　聯合發行股份有限公司
231新北市新店區寶橋路235巷6弄6號4F
電話：+886-2-2917-8022　傳真：+886-2-2915-6275

出版日期　　2013年7月　BOD一版
定　　價　　240元

Printed in Taiwan

國家圖書館出版品預行編目

夫妻樹：雨弦詩集 / 雨弦作. -- 一版. -- 臺北市：釀出版, 2013.07

面； 公分. -- (讀詩人 ; PG0955)

BOD版

ISBN 978-986-5871-50-5 (平裝)

851.486 102007588

讀者回函卡

感謝您購買本書，為提升服務品質，請填妥以下資料，將讀者回函卡直接寄回或傳真本公司，收到您的寶貴意見後，我們會收藏記錄及檢討，謝謝！
如您需要了解本公司最新出版書目、購書優惠或企劃活動，歡迎您上網查詢或下載相關資料：http:// www.showwe.com.tw

您購買的書名：____________________

出生日期：________年________月________日

學歷：□高中（含）以下　□大專　□研究所（含）以上

職業：□製造業　□金融業　□資訊業　□軍警　□傳播業　□自由業
　　　□服務業　□公務員　□教職　□學生　□家管　□其它____

購書地點：□網路書店　□實體書店　□書展　□郵購　□贈閱　□其他

您從何得知本書的消息？

□網路書店　□實體書店　□網路搜尋　□電子報　□書訊　□雜誌
□傳播媒體　□親友推薦　□網站推薦　□部落格　□其他________

您對本書的評價：（請填代號　1.非常滿意　2.滿意　3.尚可　4.再改進）

封面設計____　版面編排____　內容____　文／譯筆____　價格____

讀完書後您覺得：

□很有收穫　□有收穫　□收穫不多　□沒收穫

對我們的建議：____________________

____

____

____

請貼
郵票

11466
台北市內湖區瑞光路 76 巷 65 號 1 樓
秀威資訊科技股份有限公司 收
BOD 數位出版事業部

（請沿線對折寄回，謝謝！）

姓　　名：＿＿＿＿＿＿＿＿　年齡：＿＿＿＿　性別：□女　□男

郵遞區號：□□□□□

地　　址：＿＿＿＿＿＿＿＿＿＿＿＿＿＿＿＿＿＿

聯絡電話：（日）＿＿＿＿＿＿＿＿（夜）＿＿＿＿＿＿＿＿

E-mail：＿＿＿＿＿＿＿＿＿＿＿＿＿＿＿＿＿＿